SOFIA MARTINEZ

Lío de caléndulas

por Jacqueline Jules
ilustraciones de Kim Smith

PICTURE WINDOW BOOKS
a capstone imprint

Publica la serie Sofía Martínez
Picture Window Books, una imprenta de Capstone,
1710 Roe Crest Drive
North Mankato, Minnesota 56003
www.mycapstone.com

Los datos de CIP (Catalogación previa a la publicación, CIP)
de la Biblioteca del Congreso se encuentran disponibles en
el sitio web de la Biblioteca.

ISBN 978-1-5158-2447-3 (encuadernación para biblioteca)
ISBN 978-1-5158-2457-2 (de bolsillo)
ISBN 978-1-5158-2467-1 (libro electrónico)

Resumen: En lugar de hacer las tareas de la casa de siempre,
Sofía se ofrece para lavar el carro. Pero cuando deja el grifo
abierto, las caléndulas de su mamá se inundan, y ella llama
a sus hermanas para que la ayuden a arreglar la situación.

Diseñadora: Kay Fraser

Impreso y encuadernado en los Estados Unidos de América.
010838S18

CONTENIDO

CAPÍTULO 1

Una nueva tarea del hogar

Sofía pasaba el plumero sin ganas por la mesita de la sala. Su tarea era quitar el polvo. Elena barría los pisos. Luisa vaciaba el cesto de basura.

—Todos los sábados por la mañana son iguales —se quejó

Sofía—. Las tareas del hogar son tan

aburridas...

—Estoy cansada de pasar el

plumero —le dijo a su papá—. ¿Puedo

hacer alguna tarea diferente hoy?

—¿Por qué no lavas el carro? Yo

limpiaré el polvo —dijo él.

—¡Fantástico! —se alegró Sofía.

El papá la llevó afuera, la ayudó a llenar un cubo con agua y jabón y le dio una gran esponja amarilla.

—Primero debes fregarlo para quitar la suciedad. Luego lo rocías con la manguera —le explicó.

—¡Perfecto! —dijo Sofía—. Rociar

será la mejor parte.

El papá le señaló las caléndulas

junto a la entrada del carro.

—Ten cuidado con las flores —le

pidió—. Las planté para mamá.

—¡Claro! —prometió la niña—.

Seré muy cuidadosa.

Y se puso a trabajar de inmediato.

Remojaba la esponja y frotaba el

carro. Remojaba y frotaba. Su primo

Héctor se acercó corriendo a ayudar.

—Parece que tu carro estuviera

cubierto de crema batida —comentó.

—Lo sé —dijo Sofía entre risas—.

Tal vez sea momento de rociarlo

un poco.

Fue hasta donde estaba la manguera mientras Héctor recogía la esponja. Cuando volvió, su primo estaba inclinado y enjabonaba la rueda delantera.

—¡Cuidado! —dijo Sofía sonriendo, mientras comenzaba a Sofía sonriendo al niño.

Cuando Héctor saltó para alejarse, golpeó el espejo lateral.

—¡Ay!

Sofía soltó la manguera.

—¿Estás bien?

Héctor se frotaba el brazo.

—Sí, yo sí, pero el espejo no.

—¡Ay, no! ¡Lo rompiste! —dijo ella.

CAPÍTULO 2

Problemas

Sofía y Héctor corrieron a la casa. Luisa y Elena oyeron el ruido y salieron para ver qué pasaba.

—¡Ayúdennos! —gritó Sofía.

—¿Qué hicieron? —quiso saber Elena.

—¡Rápido! —dijo Sofía mientras tiraba del brazo a sus hermanas.

Cuando llegaron al carro, se encontraron con aún más problemas. Un gran rio de agua atravesaba el camino de entrada y llegaba hasta el lecho de las flores de la mamá.

—¡Ay, no! ¡Dejé el grifo abierto! —gritó Sofía.

—¡Las caléndulas de mamá! —dijo

Luisa.

Sofía se apresuró a cerrar el grifo.

Parecía que las flores amarillas

nadaban en el agua.

La pequeña intentó quitar agua

del lecho con las manos. Luisa, Elena

y Héctor trataban de ayudar.

Después de un rato, ya no había nada inundado. Pero las flores aún estaban bastante marchitas.

—Necesitamos más tierra —dijo Luisa.

—Mamá tiene unas bolsas grandes para plantar al costado de la casa —recordó Sofía.

—¡Vamos! —dijo Elena.

Entre todos, arrastraron las
pesadas bolsas hasta el lecho de
flores y las abrieron.

Repartieron la tierra hasta que
cada caléndula quedó derecha
otra vez.

—Se ve todo mucho mejor —dijo Sofía mientras se limpiaba las manos sucias en la falda.

—Pero nosotros, no —dijo Héctor.

Se miraron unos a otros: sus caras, manos y ropa estaban llenas de lodo.

CAPÍTULO 3

Un lío de lodo

Justo en ese momento, el papá
salió a la puerta.

—¿Qué pasa? —preguntó.

—Dejé la manguera en el suelo y
se inundaron las flores —explicó Sofía.

—¡Ay, Sofía! —exclamó el papá.

—También rompimos el espejo del
carro —dijo la niña, a punto de llorar.

Su corazón latía fuerte mientras su papá miraba el espejo.

—Lo siento —dijo Sofía en voz baja.

El papá simplemente empujó el espejo plegado hasta su posición normal y sonrió.

—¡Lo arreglaste! —aplaudió Héctor.

El papá se rio.

—El espejo no estaba roto. Está hecho para que pueda moverse hacia adentro y hacia afuera.

—¡Menos mal! —dijo Sofía.

—¿Y las flores estarán bien? —preguntó Luisa.

El papá las revisó.

—Sí. Hicieron un gran trabajo para salvarlas.

—Gracias —dijo Sofía mientras extendía los brazos para abrazar a su papá. Él dio un paso atrás y sonrió.

—No necesito ensuciarme yo

también —dijo.

Sofía miró su ropa llena de lodo,

y luego miró a Héctor, Elena y Luisa.

—Estamos todos sucios —dijo

Elena.

—Sin duda necesitamos un baño —dijo Luisa.

—O una ducha —dijo Sofía, mientras abría el grifo. Elena y Luisa dieron un grito cuando Sofía apuntó el rociador hacia ellas.

—Aléjense de las flores —les pidió con una sonrisa.

—No olvides que el carro necesita una ducha también —le recordó su papá.

—Sí, papá —dijo riendo la

pequeña—. Y tú no olvides pasar

el plumero.

Exprésate

1. A nadie le gustan las tareas del hogar, pero son necesarias. ¿Por qué es importante ayudar con esas tareas?

2. Cuando comenzaron los problemas, ¿crees que Sofía debía habérselo dicho a su papá en seguida? ¿Por qué? ¿Por qué no?

3. ¿Te sorprendió cómo reaccionó el papá de Sofía ante la situación? ¿Por qué? ¿Por qué no?

Escríbelo

1. Luisa, Elena y Héctor ayudaron a Sofía. Escribe sobre algún momento en que ayudaste a un amigo.

2. Escribe un párrafo en el que expliques qué harías si estuvieras en la situación de Sofía.

3. Elige tres palabras o frases del cuento. Úsalas en tres oraciones.

Sobre la autora

Jacqueline Jules es la premiada autora de veinticinco libros infantiles, algunos de los cuales son *No English* (premio Forward National Literature 2012), *Zapato Power: Freddie Ramos Takes Off* (premio CYBILS Literary, premio Maryland Blue Crab Young Reader Honor y ALSC Great Early Elementary Reads en 2010) y *Freddie Ramos Makes a Splash* (nominado en 2013 en la Lista de los Mejores Libros Infantiles del Año por el Comité del Bank Street College).

Cuando no lee, escribe ni da clases, Jacqueline disfruta de pasar tiempo con su familia en Virginia del Norte.

Sobre la ilustradora

Kim Smith ha trabajado en revistas, publicidad, animación y juegos para niños. Estudió ilustración en la Escuela de Arte y Diseño de Alberta, en Calgary, Alberta.

Kim es la ilustradora de la serie de misterio para nivel escolar medio, que se publicará próximamente, llamada *The Ghost and Max Monroe*, además del libro ilustrado *Over the River and Through the Woods* y la cubierta de la novela de nivel escolar medio, también próxima a publicarse, *How to Make a Million*. Vive en Calgary, Alberta.

Aquí

no termina la DIVERSIÓN...

* Videos y concursos
* Juegos y acertijos
* Amigos y favoritos
* Autores e ilustradores

Descubre más en
www.capstonekids.com

¡Hasta pronto!